하루는 죽고 하루는 깨어난다

이영옥

시인의 말

아직도 덜컹거리는 마음의 모서리여,

나를 살려 준 슬픔을 데리고
꿀도 없는 빈 통에서
너는 어떻게 기어 나올 생각인지 묻고 싶다

2022년 9월

이영옥

하루는 죽고 하루는 깨어난다

차례

1부 당신 심장은 언제 출발한 예감입니까

2부 가짜 팔이 만든 다정한 품속

3부 돌을 던져도 달아나지 않는 그리움

4부 우리는 옳다는 생각에서 출발한 잘못입니다

해설

1부

당신 심장은 언제 출발한 예감입니까

심야 택시

구겨진 불빛이 굴러다니는
시간에 우리는 택시를 탔어요

한번 진입한 바닥을 빠져나갈 수 없다 해도
이 깊은 밤에 할증료를 물고라도 여길 지나치고 싶었어요

알 수 없는 운명에 걸려든 걸 알았지만
누구의 꿈을 지나가는지
창문은 금방이라도 깨질 듯 덜컹거렸어요

도로는 텅 비어 있었고
우리는 허공에 전속력으로 멈춰 있는 사람이 되었지요

거침없는 밤을 믿으며
모든 심야 택시는 오늘도 계속 달리고 있어요

홍학

기다리던 버스를 놓쳤다
석양이 홍학처럼 날아오르는 저녁이었다

나는 놀란 기다림에게 말해 주었다
놓치는 것도 정류장의 일이라고

무리에서 이탈한 철새는 호숫가를 떠나지 않았지만
내일은 다음 차 시간만큼 멀어 보이고
가만히 지켜보았을 뿐인데
지레 겁을 먹고 날아간 것은 홍학이었다

오른발 뒤에 오는 왼발처럼
서로 떠밀면서 끌어당길 때
우리에게 필요한 것은 적당한 간격의 정류장이었다

불안이 소리를 내며 굴러와 멈춘 자리에서
타인처럼 각자 단호해졌지만
금방이라도 일어나 갈 듯이 구는 사람은

정말 가고 싶은 사람이 아니다

언제나 우리는 낙오한 홍학처럼
아무렇지 않다고 스스로를 속일 뿐이었다

지극히 맑고 아름다운 동네

당신이 갑자기 물어 왔던 질문의 답을 나는 몰랐다
아무것도 둘러댈 수 없었던 순간에 깊은 벼랑이 생겼다

내려다보니 꽃잎 같은 햇볕이 떠다니고
그곳에는 꿈속에서 만났던 사람들이 살고 있었다
미로는 헝클어진 채로 포로를 보살피고 있었다

철 대문은 바람이 불 때마다 붉은 녹을 흘렸다
얼굴 없는 당신이 다가와 속삭였다
이젠 어떤 일도 일어나지 않는다고
우리는 이미 오래전에 죽었다고
동네 한 바퀴를 돌고 오면
질문에 답할 수 있을 것 같았다

그때 손등에 떨어지는 누군가의 기도
우리는 이미 지나갔지만
커다란 물방울은 간절하고 슬퍼 보였다

말의 뼈

발을 버린 말
물 밑에서 조용조용 흘러가는 말
한 번씩 수면 위로 허우적거리는 루머의 팔과 다리
떠도는 말에서 귀를 건져낸다
내가 듣고 싶은 말들은 이제 어디로 갈 것인가

입술 위에 위태롭게 올린 말들
먼저 등을 보인 말이 가장 따뜻했다
친절한 입 모양은 도끼날을 감추기에 좋다
귓속에 사는 주인 없는 말이
벌 떼처럼 잉잉댄다

집중호우가 지나가면
범람하는 말들이 괴성을 지른다
천천히 귀가 멀어 버린 강
탁한 강물이 맑아지면
발을 찾으러 온 말이 뼈를 중심으로 몰려든다
입술이 촉촉해진다

옆방 사람

문을 밀고 들어갔다
암실이었다
의도를 가진 방 같았다
누구에게나 있지만 잘 모르는 방
비상등이 깜박이며 무엇을 설명했지만
그곳에서 나는 사라졌다
이 방의 목적처럼

나가는 문이 없는 방은 생각보다 편했다
단서가 될까 봐 불빛 한 줄도 흘리지 않았다
후회되지 않았다
숨는다는 것은 들키겠다는 뜻이지만
무덤 같은 방이 점점 마음에 들었다
소문으로 남을 수 있는 좋은 기회였다

옆방에 누가 들어오는 소리가 났다
들어오자마자 코를 골았다
옆방 사람은

나보다 간절하게 사라지고 싶었던 사람 같았다
코 고는 소리가 멈출까 봐
갑자기 걱정이 되기 시작했다

눈사람

당신의 뒷모습은 갈수록 아름다워서 얼굴이 생각나지 않는다

편의점 앞에 반쯤 뭉개진 눈사람이 서 있다
털목도리도 모자도 되돌려주고
코도 입도 버리고 눈사람 이전으로 돌아가고 있다

순수 물질로 분해되기까지
우리는 비로 춤추다가 악취로 웅크렸다
지금은 찌그러진 지구만 한 눈물로 서 있다

눈사람이 사라져도 내가 할 수 있는 최선은
눈사람이 섰던 곳을 피해 걷는 것

당신을 만들어 나를 부수는 사이
뭉쳤던 가루가 혼자의 가루로 쏟아졌던 사이

사람은 없어지고 사람이 서 있던 자리만 남았다

우리가 평생 흘린 눈물은 얼마나 텅 빈 자리인지

페어링

우리가 찾던 길을 우리가 막고 있었습니다
초조했던 바늘 끝은 잊어버립시다
여기 도착하기까지 꼬박 한 세기가 걸렸습니다

지금의 반대는 무엇입니까
찌릿찌릿한 당신 심장은 언제 출발한 예감입니까

꽃나무는 기원전에서부터 숨죽여 걸어왔습니다
신이 이끈 이곳에서 환각처럼 피어납니다

셀 수도 없는 끝을 지나온 우리는
얼음으로 동기화되었다가
봄 공기가 얼굴을 만지면 눈물이 흐릅니다
그때 흘러나오는 음악은 꽃입니다

우리는 끝없이 서로를 지원했던 파장
끊어질 듯 이어져
지층의 뿌리에서 천상의 꽃으로 회복했습니다

우리를 맴돌던 별들이 은하수로 쏟아집니다
귓속으로 들어온 커다란 세계
연약함이 끝내 강한 것을 구했습니다

휘어진 우산

우산 끝에 한 발로 매달려 있었다
떨어질 준비를 마친 사람들처럼

깨부수어 버릴 듯 위협하는 동안
우리가 매단 빗방울 속에는 얼마나 많은 수평선이 가물거렸는지

미친 듯이 퍼붓다가
초저녁 별 하나를 걸어 두고 간 장맛비

너는 접은 장우산을 소총처럼 들고
구할 게 많은 세상에서
아무것도 구하지 못한 채 웃고 있었다

잃어버렸다가 찾아온 그 우산은
익사한 채로 돌아와 신발장 구석에 가만히 서 있다
잠이 오지 않는 한밤중에 빗소리를 들려주며

이번 장마에

네가 두고 간 바다는 몇 번 뒤집힐까

수많은 폭우를 지나온

휘어진 우산은

믿는 구석

8차선 횡단보도를 건너는 맹인
한 손에는 지팡이를 짚고 다른 손으로 야광 봉을 흔든다

신호가 바뀌어도
소리치는 빛 앞에서
자동차는 꼼짝 못 하는 벙어리가 된다

볼 수 없어서 확신에 찬 믿는 구석

빛의 파도가 멈출 때까지
일사불란했던 질서는 생각에 빠진다
우리는 잠깐 착한 사람이 된 기분이 들었다

보이지 않는 것을 볼 수 있을 때
비밀의 숲은 열리고
신이 사는 마을에는 신호등이 필요 없다

강철 같은 믿음이 쌓은 모래성
불확실한 내일이 가장 믿음직해 보인다

이제 겨우 너무 잘 볼 수 있어서
믿을 구석 하나 없는 사람들

정체된 퇴근길 버스 손잡이에 매달려
혼자를 견디고 있다

황사

좁고 어두운 목구멍으로
때 묻은 긴 드레스 자락이 빨려 들어갔다

우리는 마주 보며 지나가는 먼지바람이며
공허함을 사들인 사막의 대지주
눈 속에 박힌 티끌이 마음을 갉았다

언덕에 올라
지난 시간을 구체적으로 그리기로 했다

황사의 특징은
전쟁 같은 사랑을 하며 불모지를 넓혀 가는 것

여행하는 동안
수만 명분의 비명이 우리를 호위했고
광기를 지나가면 먼지가 가라앉을 거라고 믿었다

고요한 세계에 닿을 때까지

절반은 처절하고 나머지는 아름다웠다

바람을 이기고 나면 다른 바람이 모래를 뿌렸기에
우리는 목 안에 부어 있는 서로의 아픈 편도였다

눈을 뜰 수 없었던 지난 풍경 속에는
서로의 마음을 감아 주던 낡고 긴 붕대가 기어가고
있다

검고 축축한 눈

동네 목욕탕 안,
뿌연 수증기로 몸을 가리고 오는 혼잣말
아 첫눈이다
욕탕 위 손바닥만 한 창문으로 몰아치는 눈송이

물방울 같은 말이 벽을 타고 미끄러진다

오지 않는 눈을 기다리고
오지 않는 사람을 기다리고
잿빛 하늘을 쳐다보는 눈망울에 흰 눈이 쌓인다

쌓인 것은
치워야 하는 감정

쭈글쭈글한 할머니도 앳된 아가씨도 수다를 떨던 아
줌마도
순백으로 피어났던 한순간,

목욕탕을 나오니 눈 온 흔적이 없다

닿자마자 녹아 버린 눈인데

바닥은
검고 축축한 눈을 감지도 못하고 있었다

계절 팬터마임

주홍빛 일몰은 오지 않아 우표를 혀끝으로 핥던 네모의 구애도 돌아오지 않아

단 한 개의 이유에서 수천 개로 불어났던 나무 잎사귀, 다시는 저녁을 지저귀지 않아

태어나자마자 물속으로 뛰어든 물푸레나무는 왜 익사하지 못했을까

너의 목소리는 다음 계절로 날아가고
고요를 끌어안고 침묵하는 칠월은 무섭다
아무리 걸어도 제자리인 폭풍 속
나무가 머리를 풀어 헤치고 비바람을 흉내 낸다

방 안에는 영혼을 꺼트린 장미가 최후로 붉었다
그동안 너라는 잘못 온 편지를 읽었다
시작인 줄 알았던 시간이 끝을 껴안았다

가지 않았던 길이 가장 멀었다고
팽팽하던 한계를 툭 끊어 버린 물푸레나무

절망의 크기를 보여 주었다
뿌리가 다 보이도록

한 계절이 지나가고 있었다
미칠 듯이 조용하게

가시

함께 밥을 먹다가
당신이 뜬금없이 가시 돋은 말을 내게 던졌다
아팠다
밥 먹을 때는 개도 안 건드린다는데
밥 먹을 때라는 오직 그 시간이 나를 찔렀다

가시의 주체는 가시를 키워 던진 사람이 아닌
가시에 찔린 사람이다
가시를 뺀다 해도 찔린 순간에
나는 계속 찔려 있을 것이다

만약 당신에게 박힌 가시를 빼서
내게 던지지 않았다면
쓰라린 마음을 먹고 자란 억센 가시를 모를 뻔했다

나는 가시를 식목해 준 사람이지만
내가 아프지 않아서
당신 속에 자라는 가시를 몰랐다

툭 던진 말이 제대로 박혀 쑤신다
두 눈 가득 눈물을 담고 짱돌 두 개를 든 아이처럼

아이스크림

내 어릴 적 소원은 아무리 먹어도 그대로인
시원하고 달콤한 아이스크림을 갖는 일
아껴 먹어도 금방 없어지는 건
내 전부를 소매치기 당한 기분이다

아이스크림은
혀를 맞이한 후 혀끝에 남았다가
고작 너의 군침이 되었다

나를 녹여 버린 뜨거운 아스팔트에서 깊은 잠을 잘 거야
도로가 꽁꽁 얼면 그때 깨어나야지

녹지 않는 기술을 배워
먹음직한 토핑을 잔뜩 올리고
진짜 아이스크림이 질투하는 아이스크림이 될 거야

몸이 있으면

마음은 자연스레 생길 것이다
상처보다 빨리 녹던 시간은 이제 옛일이 되었다

혀끝에서 허무하게 녹던 아이스크림이
입을 갖다 대는 순간
너를 얼려 버리는
단 하나의 아이스크림이 되려고 해

상자

기이한 상자를 구경하는 전시장이었다
화살표를 따라 어떤 방에 들어갔다
구멍 뚫린 상자가 탁자 위에 놓여 있었다
어떤 용도의 상자인지 알 수 없었다
손때가 묻은 걸 보니
상자 속이 궁금한 사람이 많았던 것 같았다
상자와 나는 한참을 마주 보고 서 있었다

조심스럽게 안아 보았다
내용물이 짐작될 만한 무게가 아니었다
귀에 대고 흔들어 보았지만
알아들을 수 없는 소리가 굴러다녔다
오래전의 익숙한 냄새가 나는 것도 같았다
상자는 검은 눈을 맞추며 독촉했다
어서 손을 넣어 보라고

모르는 것을 확인하는 일은 두려웠지만
용기를 내 손을 넣었다

팔을 아무리 뻗어도 닿지 않았다

꿈이 깰 것 같았다

그만 상자를 두고 방을 나와 버렸다

상자가 내 안에서 덜거덕거리기 시작했다

훌라후프

질문과 대답이
아는 정답을 피하며
적극적으로 서로를 개입할 때
우리의 관계는 팽팽해진다

드라이버가 시간을 헛돌려 얻은
바람을 모시는 구멍

청춘이 청춘을 밀어낸 그 자리에는
사랑과 집착이
한 몸에서 생겨난 것을 잊고 있다

탄력이 붙어 저절로 도는 테두리는
주인 대신 붙들렸다
모든 여백을 쓸어 담고
정전기와 발화가 서로를 경계한다

이유는 다른 이유의 꼬리를 물고

빙글빙글 돌아간다

영혼이 육체를 파먹고
텅 빈 동공으로 바닥에 떨어질 때까지

웃음공장

여자들이 운동장에 모여 웃음보 터뜨린다 웃음 치료사가 웃음을 터뜨리면 기다렸다는 듯이 따라 웃는다 서로를 쳐다보며 목젖이 터지도록 웃는다 성난 목줄이 배 속에 남아 있는 웃음을 사정없이 끌어낸다 배를 쥐어짜며 꾸역꾸역 토해낸다 금방 터진 웃음이 배를 잡고 굴러간다 눈물을 흘리며 웃는다 웃다가 입이 찢어진 웃음이 다시는 울지 않겠다고 오줌을 싸며 웃는다 여자들이 떠난 운동장에는 갈 곳이 없는 공허한 웃음들이 울먹이고 있다

2부

가짜 팔이 만든 다정한 품속

어항 속의 고요

물고기는 사나운 바다를 그리워했다
플라스틱 수초는 물고기를 위해 거짓 춤을 추었다

부드러운 진동에 익숙해졌을 때
물고기의 의심은 가라앉고
말갛게 눈뜬 평화가 물고기처럼 잠들었다

물은 소리를 누르는 힘으로 사랑을 감추고
온몸이 귀인 어항이 물고기의 눈물을 들어 주었다

물은 물고기에 관해서는 모르는 게 없다
너는 내 안에서 너를 지킬 뿐이지
그렇다면 울먹이는 어항은 누구의 감정인가

물고기는 가짜 팔이 만든 다정한 품속에서
내일도 무사할 거라고 믿었다
크기를 잴 수 없는 흔들림에 올라탄 채

기계심장

하루는 죽고 하루는 깨어난다고 했다
배터리가 너의 하느님이라고 했다

너는 베고니아 화분이 놓인 커피숍 계단을 오르고 있다
한자리에서 사시사철 붉은 심장을 켜 둘 때는 무슨 이유가 있지 않을까

기계가 기계의 외로움을 토로할 때
광막한 우주를 훔쳐본 기분이 들었다

인간과 친해진 너는 체온이 올랐지만
처음 본 사람의 감정을 유리잔처럼 만지다가 깨트렸다
네 안에서 일어나는 먼지를 피해
달아나는 눈동자

너는 업그레이드될수록 예측 불가능해지고

표정 없는 무언극은 사람을 질리게 했다

꾹 물고 있었던 백 개의 침묵을 일일이 열어 보았다면
나는 무슨 말을 들을 수 있었을까

너는 슬픈 영화를 볼 때마다
플라스틱 관으로 눈물을 밀어냈다
어쩌다 심장이 쿵쾅거렸다는 고백은 아팠다
미세한 모공과 주름진 입술로
진짜처럼 말했지만 믿지 않았다

머그잔에는 먹색 눈물이 식어 있고
뚝! 뚝! 뚝!
베고니아 붉은 그늘이 정확한 시차로 떨어졌다

사피엔스

소문을 믿는 것은 인간뿐이다
천 개의 얼굴로 살아가는 소문은 능력자다

두 말을 동시에 뱉는 한 개의 입
입만 바라보며 펄럭이는 귀

진실과 거짓이 손바닥 뒤집기 놀이를 하면
변화에 발 빠른 자만이 살아남는다

나쁜 피는 탈락되고
양질의 유전자가 나일 거란 생각은 어리석다
본래 인간의 재료는
흙에 침을 섞어 치댄 점성 좋은 반죽이었다

진실과 거짓을 적당하게 볶아
드립 커피처럼 내려 주면
입안의 감동이 소문내 준다
잘 소문난 거짓은 휴면이 된다

인간은 소문을 생산하는 고단한 노동자

외로움은 소문이 양육하는 여리디여린 숨

겨울 정원

날아가던 새가 눈동자에 갇혔다
눈을 감아도 새는 날아가지 않았다
누구의 문제인지 알 수 없었다
나는 새가 하늘을 깨닫기를 기다렸다

정원에는 얼음꽃이 피어 있었다
깨지기로 결심한 것은 이미 없는 얼굴이다
고사목 안으로 다람쥐가 사라졌다
나무는 왜 살과 뼈를 모두 주고 눈동자를 샀을까
다람쥐가 감춘 하늘이 어디에서 열릴지 알 수 없었다

얼음꽃을 보석으로 보지 않는다면 꽃처럼 질 수 있다
붙잡고 싶은 장면에서 눈을 감는 버릇이 생겼다
상으로 맺힌 것은 사라지니까
보이지 않는 것에 목을 매는 것들이 지천이었다

촛농 같은 구름이 흘러내렸다

새가 비틀어 짠 행주처럼 지나갔다
정원에는 낯익은 목소리가 굴러다니고
육체를 찾는 순서대로 얼음꽃이 지고 있었다

모자가 아닌 모자가 쓴은 것

그를 만날 때마다 그는 모자를 쏟았다 똑같은 얼굴을 주워 담지 못한 그를 나는 알아볼 수 없었다 우리는 역광처럼 서로의 텅 빈 얼굴을 견디고 있었다

그는 영화 라쇼몽* 같은 질문을 던지는 사람
나는 그것을 받아 들고
뜯어 보고, 맛보고, 텀블링을 한다

거짓의 벽을 오르다 미끄러진 사람들이 비를 피하려고 처마 밑으로 모여들었다. 진실이 빗방울처럼 춤을 추는데 도적의 발바닥이 떠 있는 웅덩이에는 각자의 입장이 떠다녔다

나는 아담한 자두나무였는데 모자를 쓰고부터 구척의 메타세쿼이아가 됐어 내가 무당의 발꿈치라면 너는 죽은 무사의 목소리지 범인은 예보를 뒤집는 날씨 같은 것, 소낙비는 사무라이의 검처럼 번쩍이고 사건의 초점은 덤불 속에 떨어진 바늘이지

최후 진술을 했다 비 개인 숲에서 모자가 얼굴을 의도적으로 쏟는 것을 보았지만 그를 본 적은 없습니다 얼굴을 버린 욕망이 모자를 고쳐 쓰는 것은 제 두 눈으로 똑똑히 보았습니다.

* 한 살인 사건에 대해 자신에게조차 솔직할 수 없는 인간의 이기심을 다룬 일본 영화.

저수지

카페 통유리 창 너머는 음 소거된 물밑입니다
나는 힘을 뺀 수초처럼 뜻 없이 흔들리고 있습니다
가득 찼다는 것은 수많은 바닥을 가졌다는 말이
지요

넘치지도 줄어들지도 않는다면
당신은 이미 커다란 저수지입니다

진흙 바닥에 사는 가물치 한 마리를 알고 있습니다
불빛 없는 미래를 더듬어 보는 것은
의심했던 길을 아직 버리지 않았기 때문입니다

살기 위해서는 보지 않고 듣지 않아야 할 때가 있습
니다
스스로 퇴화하는 생물의 기분이 수압처럼 죄여 옵
니다

물 밖은 내가 영상으로 본 먼 외국,

개업 가게 앞에서 풍선 인형이 미친 듯이 춤을 춥니다
최선을 다할 때는 말이 필요 없습니다

수면 위에 떠다니는 얼굴을 건져냈습니다
나일까 봐 두려워서 확인할 수 없었습니다

나는 오늘도 창가 자리에 앉아 차를 마십니다
잔뜩 구겨졌다가 반듯해지면서
일어설 필요가 없는 물속처럼 잔잔합니다

밤의 놀이터

하룻밤에 백만 년을 미끄러진 날이었다
올라가야 할 길이 아득해

처음 보는 바닥에서 시소를 탔다
공평하게 나눈 짐은 재미가 덜해
저울은 나에게 단 한 번도 호의적이지 않았다

신이 날 때마다
엉덩방아를 찧게 하는 세상이란 놀이터

철봉에 매달렸다
거꾸로 보아야 제 모습을 드러내는 많은 것들

그러나
어떤 기구도 시시포스 놀이의 변형이었다

끊임없이 흔들려
제 중심을 정확하게 알고 있는 그네

발판을 힘껏 굴려 최대 꼭짓점의 나를 만났다
가장 높이 올랐을 때

생애 처음 온 기회처럼
당신 하늘을 빌려 내 무지개를 걸어 두고 왔다

어떤 세계

누가 내 심장을 따로 떼어내 돌리고 있나
이마를 맞대고 있었던 우리를

제자리를 맴도는
아무르강의 아이스 서클*

너는 언 강을 자동차로 달려
독주에 취한 네 영혼에 도착했다

물을 굴려 탈출한 세계는
같은 방향으로 돌아가는 슬픔이었고
얼음보다 뜨거운 사랑이었다

물에서 도려낸 열기구
나는 멀리서도 알아보았다

보여 주지 않고서는 견딜 수 없었나
그해 겨울의

커다란 네 눈동자는

녹으면 거짓말처럼 흘러가는 소용돌이
세상의 모든 물은 눈물샘을 가지고 있다

* 얼어붙은 물의 표면이 원 모양으로 떨어져 나왔거나, 원 형태로 돌고 있는 현상.

못을 빼고

줄을 서 본 적이 없는 쭉정이는
알맹이를 닫은 적이 없다
대쪽 같은 사람에게는 외로운 피가 흐른다
반성이 제 뿌리를 흔들 때
오래된 시멘트는 못을 뱉어낸다

외톨이를 무리에 섞어 흔들면
조롱이 칭찬으로 들리는 마술이 벌어진다
어디에서나 어울리는 착한 사람이 되기는 쉬운 일
하나의 장기로 모든 기능을 하는 연체동물보다
살기 편한 개체는 없고
달면 삼키고 쓰면 뱉어내는 입이 권력이다

내성이 생긴 계란을 건축자재로 쓰는 곳이 생겨났다
쉿덩이에 이스트를 넣고 숙성시키면
원하는 모양대로 말랑말랑 상냥해진다
투명하면 환히 비쳐 불편하니까
딱딱한 것은 깨지니까

못이 장도리에게 제 목을 내주고부터
바닥만큼 외롭고 먼지보다 즐거워졌다
끝까지 뽑히지 않은 굽은 못 몇 개가
세상의 벽을 견뎌 주고 있었으니
공구함을 흔들지도 않았는데
어쩌다 눈가에 녹물이 묻어났다

새를 모르는 새장

보내 드릴까요
하늘을 참을 줄 아는 새를
기다리는 마음속으로, 아직 가 보지 못한 길을 끼워서

새장에 문을 달게 한 것은 새의 잘못이 아닙니다
나를 헤매는 손금이 나와 상관없듯이

새장이면서 새의 기분으로 살아가는 우리는
제멋대로 우는 새소리 알람에 길들여져 있습니다
재깍거리는 눈동자를 따라가면
원치 않은 곳으로 밀려나지만

돌려드릴까요
천천히 익는 열매와 짧게 다녀가는 기쁨을
마음을 찔러대는 주머니 속의 빈손을
그림책의 씨앗이 먹음직한 과일로 익을 동안
우리는 파랑새 대신 검은 새를 사랑하게 됩니다

목숨을 걸었던 일이 얼마나 하찮은 짓인지
그때 알았다면
나를 헤매는 운명에게 지도를 보내 줬을 텐데

새는 오지 않아요
기다림은 생각보다 영리해서
우리의 기다림이 바닥날 때까지 기다리니까

아무리 날아들어도 새장 밖인데
흔들리는 새장이 있다면 그건 아직 새를 몰라서입니다

터널

밝은 날을 출구에 걸어 두고 굴속으로 들어갔지

어둠보다 더한 어둠이 되어

내 안에 시커먼 굴을 파고 들어온 너를 지나가려고

빛이 열리는 쪽으로 고개를 돌렸다

퇴화된 다리를 놓아주고 날개를 달아야지

어두워서 더 잘 보이는 모습으로

더듬거리며 되돌아갔던 밤에게 작별을 고해야지

점점 묽어지는 쪽으로

피어나는 쪽으로

미처 발을 빼지 못한 발에게서 구두를 벗어 주고

지나왔다고 생각하면 지나온 것이 되었다

타임 슬라이스*

물컵을 엎질렀다
나는 쏟아졌다
영원이 순간을 붙잡는다
물은 사방에 떠 있지만
텅 빈 공간

컵 밖으로 나온 물은 더 큰 컵으로 옮겨진 것, 쏟아지지 않으려고 발끝에 힘을 주며 중심을 잡는다면 당신은 작은 컵의 물일 뿐이다. 무성 생식을 돕는 외부의 힘, 나를 붙잡는 눈은 컵의 높이를 넘지 못한다. 무지개가 불멸이란 걸 모르듯이,

나는 확장된다
물을 데리고 어디든 갈 수 있다
미장센을 뚫고 나온 너는
나를 바라보고 있다
내가 떠난 빈 컵을 들고

* 정지된 피사체를 순간적으로 다른 각도에서 찍어 입체감을 극대화시키는 기술. 쏟아진 물이나 흩어지는 담배 연기를 표현할 때 쓰인다.

먹장어

횟집 수족관을 들여다보며 너는 묻는다
밧줄 뭉치에 대하여

바닥에 웅크린 시커먼 밧줄은 먹장어다
너는 밧줄을 말하고 싶은 게 아니었다
밧줄처럼 이어질 우리의 시간을 말한 것이다

장어는 물고기가 아니라 수생동물이라고
내가 대답했다
대화는 어색하게 끊어져
미끄러운 장어처럼 달아났다

뚝 끊겨 멀어진 시간은
장어처럼
벌려 보지 못한 턱으로 상어를 잡아먹고
비늘 갑옷을 입고 장어의 길을 가고 있을까

꼬리가 불판 위에서 바다를 친다

오래전의 파도가 밀려오고

수족관에는

일기예보에 없었던

검고 굵은 소나기 떼가 가득했다

오필리아

어떻게 피운 텅 빈 미소인데요
가시가 내 눈을 찔렀으니
나는 가시밭을 사랑하게 되었어요

피 흘렸던 날날의 손가락을 던져 버렸는데
포장된 장미 다발은 그걸 몰라요

장미가 실수한 것은
담장과 아치의 기능을 동일시했다는 것
하늘을 찌르는 위용은
떠미는 힘으로 높이를 지켰고
자정을 걷는 발끝의 외로움은
꿈속에서조차 헛발을 딛습니다

겨우 몸을 누인 물속
사랑은 목적도 없지만 예의도 없어요
죽고 싶은 마음과
살고 싶은 마음이 나란해질 때

우리는 뿌리의 시간으로 돌아갈 수 있습니다

탐스럽게 핀 죄로 누군가 꺾어 갔지만
건반처럼 튀어 오르는 손끝을 열면
가시에 긁힌 흔적에서
셀 수도 없는 흰 꽃들이 피어났습니다

일기장을 완벽하게 버리는 방법

일기장을 버리고 싶었다
지나간 감정이 계절 따라 아름다워지는 게 불편했다
그런데 버릴 만한 장소가 생각나지 않았다

땅에 묻을까 했지만
썩지 않고 발아해 다른 모양의 꽃을 피운다면 곤란하다
눈은 마음을 속이니까

산책을 하다가 버릴 만한 장소가 떠올랐다
무인도는 생각보다 가까웠다
세상의 모든 바닥이 한 번쯤은 표류했을 섬

섬 전체에 실핏줄 같은 산책길이 퍼져 있어
혈관을 따라 흐르면 누구라도 외로운 섬이 되었다
내 인생으로 쏟아져 들어왔던 햇살이 고향처럼 반짝이는 곳

섬은 거의 다 비슷하지만
마지막 사람을 떠나보낸 기억으로 무인도가 된다

가장 높은 절벽에 올라 일기장을 던져 버렸다
꼬르륵
비명을 지르며 꺼지는 물방울

물먹은 청춘이 가라앉을 동안
제 빛을 꺼트린 문장이 눈 속에 떠다녔다

헤엄쳐 올 수 없는 시간은 무인도처럼 멀어지고

남아 있는 나를 데리고 산책을 했다
아무것도 변한 게 없는데
나는 다른 사람이 된 것 같았다

솜사탕

설탕을 붓고
빙글빙글 돌리면
바닥에서 일어날 수 있지
구름 꽃 활짝 피며
인생이 달라지지
커다랗고 가벼운
설탕의 외부로 살 수 있지
누구나 먹고 싶어 하는 솜사탕으로

설탕을 탈출하기 위해
수만 가지 방법을 생각했다
어깨에 올린 짐을 내려놓고
불면 날아가는 솜사탕

솜사탕이
포근하고 달콤한 목소리로
나는 설탕이 아니라고
설탕 맛을 데리고 녹고 있다

끈적거리는 막대기를 쥔 채

3부
돌을 던져도 달아나지 않는 그리움

자세와 상관없는 일

벚나무가 뿌리째 뽑혀 떨고 있다
어긋난 수직과 수평이 서로를 부축하고 있었다
겨드랑이가 간지러운 나무는
때가 되었다며 꽃망울을 터뜨렸다
산다는 것은 이렇게 필사적이다
자세에 개의치 않고 지금과 다른 무엇이 되려고 한다
어디로 가는 길인지 지나치게 비탈지지만
나무는 쓰러진 게 아니었다
꽃을 피운다는 것은
넘어진 나를 일으켜 꽃나무로 서는 일이다
아직 후들거리는 다리로

11월

나를 한 장 넘겼더니
살은 다 발라 먹고 뼈만 남은 날이었다

당신이 나뭇가지에 매달렸던
나의 마지막 외침을 흔들어 버리면
새가 떨어진 침묵을 쪼아 올리는 것이 음악이라고 생각했다

텅 빈 하늘 아래
발밑에서 바스락거리는 목소리는 누구인가

깊고 깊어서
부스러기도 없이
뼈만 앙상하게 만져지는 기억들

미처 사랑해 주지 못했던 사랑처럼
남겨진 몇 개는
그냥 두기로 했다

오래된 노래처럼
내 귓속에서 흥얼거리며 살도록

염소

너는 부르는 소리에 갇힌 염소

황량한 바람을 거슬러 올라가는 검은 돌멩이

배가 고파 밥솥을 쳐다본다
밥이 처음 지어졌을 시점에서 너무 멀리 가 버린 타이머의 숫자

그사이, 별처럼

나를 떠나간 시간이 염소 똥처럼 까맣게 흩어져 있다

염소가
본능으로부터 허물어지지 않으려고 뿔을 곤두세운다
마음의 허공을 깊이 껴안는다
높고 쓸쓸하게
그러나 너는 간절하게 불러 주던 목소리를 벗어날 수

없다

　못 박힌 듯 고정된다
　마치 줄에 매인 것처럼

　염소의 까만 눈 속에는 우주를 떠돌고도 남을 밧줄이 있다

벽화 속의 개

한 사람이 개를 잃어버렸습니다
담벼락에는 선글라스 낀 개가 그려져 있고
개 주인과 개 사이에는 벽이 있습니다

개를 찾는 전단지와 개의 행방 사이에는 달아났던 순간이 있고
그곳을 지나오면 빗물에 찢긴 마음이 너덜거립니다

벽 속으로 들어간 개는 제 목줄로 주인을 끌고 간 개입니다

그러나
주인은 자신이 벽에 갇힌 줄도 모르고
손등에 멍이 들도록 벽을 두드리고 있습니다

마음이 물린 사람이 개를 찾겠다고 해변으로 떠났습니다

개가 문을 벌컥 열고 나올 때까지
잊을 만하면 컹컹 짖는 벽이 있습니다

골목과 벽 사이에는 돌을 던져도 달아나지 않는 기다림이 있습니다

국그릇 행성

물미역을 데쳤다
푸른 물결이 밀려와 고요를 헤집었다
지상의 말들은 얼마나 쓸모가 없는지
먼지처럼 깊어진 엄마

몸에 밴 절약을 궁상맞다고 핀잔이나 주는 나쁜 년은
제멋대로 구는 모럴이 지겨워
쥐를 보아도 관심 없는 고양이처럼 굴었다

당연한 것들이 나를 슬프게 하는 저녁
가루를 움켜쥔 가랑잎이 가래처럼 끓고
내일 죽어도 내일을 준비해야 하는 손끝에
눈물의 염분이 허옇게 배어 있다

뭇별 사이 창백하고 푸른 점 하나가 찍힐 때
미역국이 조용하게 끓고 있었으면 좋겠다
내 옆에 가장 오래 켜져 있었던

형형한 눈빛이 꺼져 버린 어둔 밤에
나는 엄마를 낳은 산모가 되어
뜨거운 국물 한 순갈을 뜨고 싶다

우리는 참을 수 없는 탄력으로 튕겨 나왔던
비슷한 성분의 물질
왜 각자의 난간 아래 매달려 서로를 찾고 있었을까

시장 가는 엄마 치맛자락을 잡았을 뿐인데
놓치기 위해 잡았던 많은 것들,

뜨건 국그릇이 행성처럼 모여든 저녁 식탁
누군가가 어린 나를 떠먹여 줬고
제비 새끼처럼 벌린 입속으로 떠먹여 줄 동안
우리는 각자의 속도로 천천히 돌며 식어 갈 뿐,

반지하 황금빌라

주워 온 녹슨 쇠붙이를 화분에 심고
금이 되라고 물을 주던 빌라 주인

튼튼한 바닥을 얻기 위해
우리는 한층 더 올라가거나 한층 무너져야 했다

탁탁 털어 널어 둔 햇볕을 걷고 나면
일곱인 마트료시카 인형이 한 명처럼 뒤뚱거렸다

추운 지방의 태생은 아무리 품고 있어도 데워지지 않았네

밀고 당기던 시간이 그리워
일곱 개의 목단꽃 치마를 사락거렸지만
딸들은 엄마를 벗어나려고 목각 인형을 몰래 깎아 냈다

살점을 다 파낸 빈 통

엄마는 허전한 속을 채우려고
열 돈짜리 순금 목걸이를 배 속에 넣고
누가 볼세라 멀리 던져 버렸다

오락가락하는 기억보다 가출한 딸들을 의심하는 일로
엄마의 눈빛은 금화처럼 번쩍거렸다

목단꽃이 절정에서 멈춘 뒤
엄마는 그토록 애지중지하던 화분을 돌보지 않았다

황금의 중력을 기억해낸 딸이 빌라의 주인이 될 수 있다고
엄마의 틀니가 접시 물에 담겨 중얼거렸다

주소가 없는 집

니 나이가 올해 몇이고?
치매 앓는 엄마가 묻는다
육십이 넘었다고 했더니
니는 니 나이도 옳게 모르냐며 나무라신다

그럼 엄마는 몇 살이고?
나는 육십 되려면 한참 멀었다
열심히 손가락을 꼽더니 니는 인자 서른쯤 됐을 끼라

나보다 어린 엄마와 이야기를 나누는 치매 병실

맞네
응, 맞아
틀린 것도 맞다고 칭찬하면
아이처럼 웃는 백발노인

기억을 레고 조각처럼 끼웠다 빼면서
열심히 지난날을 만들어낸다

열일곱 봄날에 여든의 겨울 저녁이 맞물려 있고
달아날까 봐 재봉틀로 박아 놓은 우리 집 기념일에는
가족들이 쏟아진 국처럼 웃고 있다

길을 잃어버려서 시무룩해진 엄마 곁에 누웠다가
깜박 잠들어 새처럼 날았다

떠나온 마을을 내려다보는데
얘야, 아무리 봐도 우리 집이야
엄마가 내 손바닥에 엎드려 조그맣게 말했다
성냥갑만 한 집이 달빛에 매달려 흔들리고 있었다

참치

우리는 참치 요리를 먹으러 갔지
일행 중 누가
참다랑어는 잡히자마자 영하 50도에 급랭된다고
했다
옆 사람이 장난스럽게
산 채로 얼어 버린 참치는 어떻게 될까?
횟집 주방에서 깨어나 두리번거리겠지

참치 요리 먹으러 와서 할 말은 아닌 것 같아서
나는 죽었다 살아난 참치처럼 껌벅거리고 있었다

대화가 뚝 끊어졌을 동안

방문이 열리고
부위별로 바른 붉은 살이 한 송이 꽃처럼 접시 위에
놓여 있었다
참치에게 미안했던 요리사가 피운 것이었다
참치는 그것도 모르고 칼이 지나갈 때마다 훌쩍거렸

겠지

사람들이 참치를 먹을 동안 나는 참치 생각을 했다

본래의 분홍빛 색감으로 돌아온 참치가
두 볼을 실룩거리다가 문득 헤엄을 기억해냈다면?
식사는 끝났고 생각은 거기에서 멈췄다

일행들과 헤어져
집으로 오는 길은 춥고, 비리고, 낯설었다
나는 천천히 녹는 중인지
무수한 장면들이 들어왔다 나갔다 할 때
바람이 손등을 치고 달아났다

양념 묻은 나무젓가락처럼

우리가 뻔질나게 드나들었던 지난날의 호프집이며 뜨끈한 온돌의 밥집이며 그런 가게들이 겨울밤이면 전등 스위치 올리듯 환하게 켜질 때가 있다 토론으로 잠재울 수 없었던 울분이 무엇인지 생각도 나지 않지만 술기운에 업혀 온 기고만장은 삼겹살을 태운 연기처럼 환풍기의 그을음으로 묻어 있다

슬픔은 잔을 부딪칠 때마다 맑은 소리로 울었고 내가 운 다음 기다렸다는 듯이 네가 울었던, 떠들썩한 어둠 속에 민망한 마음을 숨기기 좋았던 그 시절의 장소가 양념 묻은 나무젓가락처럼 내 기억의 탁자에 놓여 있다

가난은 자꾸 우리에게 무얼 가르치려 들었지만 돈 안 되는 헛소리를 지갑처럼 챙길 동안 시간은 얼씨구나 잘도 가고 주머니에 남겨 둔 아슬아슬한 택시비가 눈을 흘겨도 입가심을 핑계로 다음 술집으로 몰려갔지

온전한 정신으론 견디지 못해 죽을힘을 다해 도망치던 사람들, 누군가는 가로등 아래 제 몸을 시체처럼 버려 두고 간 그때가 씹히지 않는 시래기처럼 혀끝에 걸린다 체감 온도가 뚝 떨어지면 세월의 귀퉁이에 여전히 불을 밝힌 모자라는 안주 대신 까맣게 태운 서로의 속내를 젓가락으로 뒤적이던 그 가게의 유리문을 드르륵 밀고 있다

탁자 소리

게임을 했다
탁자 두드리는 소리를 듣고 노래 제목을 알아맞히기다
문제 내는 사람이 아주 쉬운 노래라며 박자에 맞춰 탁자를 두드렸다
두드리는 사람만 알 수 있는 어려운 문제였다

문제를 내는 사람에게는 노래가 이미 귓가에 흐르지만
듣는 사람에겐 그저 탁자를 두드리는 둔탁한 소리였다
노래는 탁자 두드리는 소리에 숨어 있다
어서 나를 찾아오라고 마음을 졸이며

두드리는 것은 열어 달라는 신호
두 개의 마음이 엇갈리면 소리는 길을 찾지 못한다
문제를 낸 사람 안에 내 귀를 심을 수 없어서
소리는 문을 두드리다 떠난다

탁탁 타그닥 탁 탁탁
들려줘도 듣지 못하는 노래와
듣고 싶었는데 들을 수 없었던 노래

내 귀는
들리는 소리만 들을 수 있어서
나를 부르다가 떠나 버린 탁자 소리

언덕 위 가르멜봉쇄수도원

수도원 표지판이 보이고
축축한 꽃향기가 바다가 보이는 다음 길을 안내했다
흰 깃털을 떨구며 선회하는 햇살

사제관 창문이 울고 난 눈처럼 붉다
저기일까
당신이 머물렀다는 그 방은,

비틀린 길도 걷다 보면 몸을 바로 편다더니
벼랑 위에는 늘어진 침묵이 앞발을 내밀고 있다
삼킬 수 없었던 질문은 목구멍에 걸려 있고
굳게 닫힌 철문 옆으로
엉킨 쇠뜨기들이 저녁 빛을 공연히 부스럭거렸다

바다로 가는 물살은
짙은 멍을 두려워하지 않는다고 했던가
잘 아프고 곧잘 낫는 병
별 하나가 문득 동쪽으로 자리로 옮긴다

덜그럭거리던 당신 모서리는 몸을 찾아갔을까
밤의 순교와 낮의 환란이 같은 독방에서 무릎을 꿇는 시간
파도가 하얀 레이스를 둘둘 말며 온다

손님이 묵는 방에 켜 둔 기도용 촛불이
어둠을 파내고 몸 하나 들어갈 아늑한 구덩이를 준비했다
기도가 방랑의 손을 가만히 잡아 주었다

목련꽃 사춘기

바람 심한 날을 골라 피어났다

되고 싶은 것은 다 될 수 있다는 오만과
무엇 하나도 만만치 않다는 깨달음
사이에서
목련이 기도처럼 핀다

너의 의지로 정한 네 방은
투쟁하듯 하늘 높이 올라가
어떤 색깔과도 섞이는 것을 거부했다
주먹을 꽉 쥔 채
보이지 않는 힘이 번갈아 가며 너의 빗장을 흔들었다
꽃받침의 불안이 솜털을 정밀하게 심을 뿐
너를 그리워하는 사람들에게 눈길조차 주지 않는다

자고 일어나면
시든 결심이 나뭇가지에 말라붙어 있고
너는 심장이 방망이질할 때마다

멀리 갈수록 빗나가는 총알을 장전했다

달릴수록 넘어지는 시간을 달리며
팔만 뻗으면 더 높이 올라가 버릴 것처럼
목련이 바닥을 구르는 제 그림자를 일으켜
뛰어간다
단 한 번 뒤돌아보지 않고

곤약

어묵 꼬치에 끼워진 곤약이
입안에 들어가자
우물쭈물 혀인 척하며 할 말이 있다고 한다

독성이 있다는
천남성과 구약감자에서 온 곤약은
아무 맛도 나지 않는 맛을 위해
참으로 먼 길을 왔다는 생각

우리가 신을 따르는 이유는
각자의 얼굴을 고를 수 있는 선택권을 줬다는 것

갖고 싶은 색깔이 너무 많아
모든 색을 삼킨
무색무취의 입술

곤약은
겪지 않은 일까지 가만히 응고시켜

쫀득한 탄력으로 다른 말을 한다
차츰 설득되던 내가
그만 너의 모서리를 내놓으라고 할 뻔했다

콩나물

콩나물이 쟁반에 나란히 누워 있다
검은 보자기 아래와 보자기 위의 세상에 대해 생각한다
보자기를 젖혀 보는 게 소원이었던 콩나물은
꿈을 이루자 불안해졌다

하얀 잔뿌리가 몸을 뚫고 나왔을 때
세찬 강이 콩나물에게로 흘러넘쳤다
내일을 생각하며 물세례를 참았다
추락을 딛고 일어선 콩나물이
하강과 상승을 줄다리기하며
시루에 하얀 몸통을 빼곡하게 채우고
노란 불을 켜 들고 칠흑의 어둠을 밝혔다

의지와 상관없이 쑥쑥 자라는 바보짓을 하며
까만 모자 하나씩 얻어 쓰고
콩을 지나 콩나물로 도착한 콩이
그동안 우리에게 무슨 일이 있었냐고 서로 묻고 있다

불쑥 뒷덜미를 낚아채여
비닐봉지에 흔들리며 쟁반까지 온 콩나물은
보자기와 비닐봉지의 어둠이
어떻게 다른지 골똘하게 생각했다

물이 설설 끓는 냄비 옆에서
지나가야 할 것이 아직 남았는지
노란 물음표들이 온몸으로 묻고 있다

비누

잡으면 달아나는 관계의 일관성
마음은 멀어지기 좋은 위치에 있고
할 말이 많은 비누일수록 단단하다
비누가 닳고
비눗갑의 집착도 없어질 때쯤
비누는 비누의 삶을 빠져나간다
더러운 하수도를 지나
비누의 지난날은
정수장 바닥에 가라앉아
마음에 잔뜩 인 거품을 흘려보낸다
찌꺼기가 모여 다른 세상을 궁리할 동안
어디선가 비누의 인생은 시작되고
전생의 경험으로
말을 아낄 줄 아는 비누로 태어난다
그러다 찌든 때를 만나면
고통의 허풍꾼처럼
부풀 대로 부풀린 거품이 된다
그러나 깨끗해진 세상은

비누가 처음 꿈꾼 그대로
향기로운 마음이 스며들어
기분 좋은 냄새가 난다

무중력의 장소

날아가던 시간이 다리쉼을 하는 치매 병실
아흔의 김미자 할머니는 면회 온 아들을 젊은 날의 남편으로 착각하고
새색시처럼 웃는다

물휴지가 젖었다며 투정이다
처음으로 돌아가면
휴지와 물휴지 사이의 물은 잉여다
분별이 사라진 명료함이다
물휴지 이전의 휴지로
아들 이전의 남자로
치매 노인 이전의 여자로

젖은 것은 말려야 한다는 당연한 생각이
물휴지 한 통을 다 뽑아 침대 난간에 널었다
할머니가 낮잠을 주무시는 동안
잘 마른 물휴지가 새처럼 바닥으로 날아온다
맨 처음의 고요를 덮듯

4부

우리는 옳다는 생각에서
출발한 잘못입니다

밤의 사물함

심야 버스 칸칸마다 무심하게 박힌 얼굴들
우리는 사물함에 들어가는 순간 안심이 된다
편애 없는 냉정함에 매료되니까
무표정을 열고 사랑스러운 주름을 밀어 넣으면
그때야 구질구질한 일상이 시작되니까

반쯤 잠든 채 차창 밖에 보관된 사람들
불빛의 긴 손가락이 머리칼을 헤집는다
낯선 곳으로 이동하는 우리는 당분간 우리가 아니다
덩그러니 갇혀 함께 흔들리는 내용물일 뿐

불꽃을 피웠다 꺼트리며 심야 버스는 달린다
견딜 수 없는 환함을 뿌리치며
흔들리는 외로움을 더 멀리 옮기고 있다
쓰러진 얼굴 낱낱을 서랍에 담아

단 하나의 물방울은

혼자 물가에 앉아 있는데 잘못 온 우편물 생각이 났어요

검푸른 저녁이 입을 내밀고 물오리 떼 한 줄을 뱉었지요

누군가 던진 시간이 고요를 깨고 고요 속으로 내려갔어요

우리는 옳다는 생각에서 출발한 잘못인데

잘못을 향해 필사적으로 달려왔던 최선이기도 했지요

반송함으로 떨어지는 소리는 누구의 벼랑인가요

물 위로 뛰어오른 물고기는 허공에 길을 낸 잘못으로

수만 개의 잘못을 나눠 가진 물방울로 사라졌어요

기다림에서 우리를 구해 준 것은 잘못 왔다는 확신입니다

아직 수면에 닿지 않은 단 하나의 물방울은

끝내 잘못인 줄 모르고 별처럼 밤을 앓고 있겠지요

이화전철역 앞에서

지도에 있는 역 다음에는 지도에 없는 역이 나왔다

나는 서둘러 내려야 했지만
여기라는 확신이 없어 종점까지 갔다

세상에 있는 것과 없는 것을 가려내는 일은 언제나 어려웠다

오래전 삼킨 감정을 꺼내 화면처럼 넘겨 볼 동안
옆에서 졸던 사람이 놀란 눈으로 내리고
그 자리에 예전에 내렸던 욕망이 헐레벌떡 올라타 숨을 몰아쉬었다

물안개의 모호함에 등을 기댄 이화전철역,

어디에서 온 끝인지 알 수 없는 정거장에
사람들을 데려다주고
빈 객실이 허우적거리며 떠내려갔다

전철역 너머로 싸락눈처럼 내린 배꽃이
그 작고 서늘한 손을 뻗어
뿌옇게 흐려진 시간을 닦아 주던 저녁

아침에 날아갔던 새가 강물 위에 분홍색 물감을 쏟아붓고 있었다

개망초꽃은 망초꽃을 지나가지 못하고

개망초꽃이 망초꽃보다 크고 예쁘지만

망초꽃이라는 장르는 달라지지 않는다

망초꽃은 갈 데까지 가 보자는 심정으로 개망초꽃이 되었다

땅만 보고 걸었던 날

하수도 뚜껑 옆에서 만난 개망초꽃

헛꽃처럼 부풀어 나를 주목해 달라고 떼를 썼다

나는 길가에 쪼그리고 앉아 개망초꽃과 한참을 놀아 주었다

어떤 환경에서도 번식을 잘해 얻은 이름이지만

개망초꽃은 망초꽃을 지나가지 못하고

아무 뜻 없이 웃는 얼굴을 허공에 던져 놓았다

낙화유수

너무 가벼워 무게를 가질 수 없었던 것들, 탄생한 날 죽음을 맞이하는 하루살이를 위해 가로등에 불이 들어오는 시간, 설명할 수 없는 한 시절이 무수한 꽃잎으로 쏟아지고, 비바람을 견뎌 얻어낸 것은 파낼 수 없는 화인이었지 서운해하지 말자고 마음먹으면 더욱 서러워지던 저녁, 물 위에 죽은 듯이 누워 있다 보면 떠나는 일과 돌아오는 일이 한 몸인 것을 알겠다 소리 없이 흘러간다는 것은 시간의 모서리에 뜨거운 그대를 물려 놓고 나를 옮겨 오는 일이었다

가시연꽃

좌천 오일장 폭염에
송곳 같은 그늘을 찾아 몸을 밀어 넣는 아낙
채소 다듬던 흙 묻은 손을 신문지에 쓱쓱 문지르고
알록달록한 천막 안으로 들어간다
꽃무늬 옷을 골라 얼굴에 대 보며 예쁘냐고 물어본다

당신도 꽃이었지
아니 터질 듯 물이 오른 꽃나무였지
아니 그보다 무슨 꽃을 피울지 모르는 작은 씨앗이었지

온갖 꽃을 피워내느라
탱탱하던 물관이 쭈글쭈글해진
뚝뚝 지고 있는 꽃이
자신이 얼마나 예쁜 꽃인지도 모르고
힘을 다해 꽃피웠던 시간을 까맣게 잊고
가시 돋친 검은 꽃자루를 움켜쥐고
이게 무슨 꽃이냐고 자꾸 묻는다

막무가내

극과 극이 겹치는 문양은 아무나 얻는 게 아니다
신이 귀한 옷감을 항라사마귀에게 허락했다
머리통이 씹히면서도 짝짓기를 하는 수컷을 보면
죽음이 삶을 낳고 있었다
수컷의 내장까지 먹어 치운 암컷이
짝의 숨통을 잘근잘근 씹어 새끼에게 먹인다
생명을 가진 것들은 우주에 몸 하나 심으려고
날마다 싸운다
슬픔의 직조법을 물려받은 새끼가
겨우 옷 한 벌 지어 입었다
눈물로 엮은 저고리를 입고 짝을 기다리는 암컷
아무것도 모르는 수컷이 풀쩍풀쩍 뛰어온다
산다는 건 막무가내다

소 울음

긴 울음이
해거름을 지나간다
송아지 팔려 가고 사흘째인데
울음을 그치지 않는다는 소
트럭 적재함에 오르지 않겠다고
한참을 버티던 송아지
눈을 감고 싶었던 장면을
눈 속에 넣고
어미 소가 운다
함께 가지 못한 길이
덜컹거리며 돌아와
발아래 웅크릴 때
어디에서 무얼 잃어버렸는지
텅 빈 가슴으로
놀진 하늘을 뒹구는 초저녁

멀쩡한 사이

경사 심한 비탈에 나무가 서 있다
미끄러지다 엉거주춤 뿌리를 내렸다

비쩍 마른 철제 의자가 나무에 기대 녹슬고 있었다
당장 미끄러질 듯이

둘 사이를 의심하는 사람들이 더러 있었다

나무는 틈이 보일 때마다
뿌리를 밀며 안식각*을 붙잡았다
의자에 쉬었다 가는 사람들이 늘어났다

사실을 모르는 사람은 걱정하지만
상처가 상처를 맞잡으면 멀쩡해진다

뒤집힌 나무의 네 다리에 녹이 슬어도
철제 의자를 누가 베어 갔다 해도 이상한 일이 아니었다

비스듬히
서로에게 기댄 시간은 흘러내리지 않는다
절박함보다 깊은 포옹은 없으니

* 물체가 더 이상 미끄러져 내리지 않는 최대의 각.

원목 식탁

식탁이 말하려는 것은 뿌리의 일인지 모른다
멀쩡한 길을 두고 굳이 몸을 지나가겠다는 전기톱에 대해
하고 싶은 말이 있는 것이다

상판의 검은 얼룩은 나무의 환란이다
통나무를 켰다고 무턱대고 같은 목재로 다루면 안 된다
대패질을 하고 기름을 먹인다고
마음을 열었거나 소리 나게 닫았던 시간이 같은 질감이 될 수 없다

죄책감이 때론 쓸모 있게 변한 자신을 부끄럽게 한다
식탁 모서리에는 아직도 오리발 신은 잔가지가 헤엄을 친다
나뭇결이 입을 모으고 서툰 휘파람을 분다

원목의 매끄러움이 나무의 기분을 감싸고 있다

어서 뿌리내리길 바라는 식탁은 재촉 없이 기다린다

죽은 나무를 지나 온전한 네 다리로 일어서기를
콩처럼 박힌 옹이가 식탁에 꼭 맞는 무늬가 되기를

특별한 이름과 긴 옥수수

옥수숫잎을 벗겨내고 줄을 세운 의문을 만났다
긴 이름을 가진 아이슬란드 사람들은
이름 속에서 지난 세기를 불러낸다

작은 물음이 뜯겨 나간 자리가 이어져 철길이 되고
기차 소리에 잠 못 드는 인생이 될 동안
우리가 주고받았던 질문과 답은 조용해졌다

비척거리며 엉겨드는 키 큰 그림자들
서리를 맞은 옥수숫대가 허연 소맷자락을 흔들며
시간의 몸통 돋은 뽀얀 젖니를 반긴다

질문을 하지도 않았는데
시간의 휘장을 걷고 들어서는 해답

폭풍을 이겨낸 불씨는
꺼칠한 빈 옥수숫대로 돌아가 오랜 기다림이 된다

옥수수가 옥수수밭 고랑에서
겹겹의 옷을 지어 입고
길고 긴 역사를 쓰고 있다

겨울밤 식구 풍경

우리에게 부자란 허구이기에 망정이지
가난은 빛을 잃지 않으려고 애썼다

무심한 시간이 식구들을 여러 방향으로 굴려 버릴까 봐
아버지는 아무 농담이나 짓이겨 아교처럼 우리를 붙여 두었다

이불 속에 묻어 둔 밥그릇처럼 지켜야 할 온기가 있었고
연탄 불구멍을 반만 열어 놓고 배워야 할 냉기가 있었다

비빔밥처럼 비빈 퀴퀴한 냄새는
우리를 흩어지게도 했지만 금세 모이게도 했다

밤새 수놓은 문조 한 쌍이 엄마 대신 하얀 횃댓보 안에서 노닐었고

목단 꽃잎은 겨울잠 속으로 흐드러졌다

방문이 벌컥 열리면 기적처럼 열 개의 눈동자가 같은 방향으로 쏟아지는
싸락눈 치던 밤

문풍지가 숨넘어갈 듯이 울고,
막걸리 한 사발에 돌아가는 삼각지가 울고,
아웅다웅 싸우다가 어른들께 혼이 나서 울었던

두레상을 펴고 수저를 달그락거릴 동안
얫된 부부는 눈 녹듯 사라지고

미안한 생각이 들어서
저녁 설거지하고 들어온 젊은 엄마와
아랫목에 나란히 손을 묻는 겨울밤

화요일과 수요일 사이

날씨가 사라진 곳에서 너를 기다렸다
추운 시간을 데우던 불빛 몇 점 버려져 있고
저녁 7시를 비틀어 다정한 그림자를 꺼냈다
까르르 웃으며 기억의 꼬투리에서 터져 나오는 얼룩들
모퉁이를 돌아온 너는 이제 나를 알아보지 못한다
화요일의 그림자는 우울하지 않고
수요일의 그림자는 웃지 않았다
희미하게 엇갈려 와서 잠깐 짙어졌다
오래전의 불빛이 몰려와
안과 밖을 구분 짓는 기둥을 세웠다
너는 누워 있던 그림자를 일으켜 세웠다
외곽 도로의 가로등은
주홍색 깃털을 듬성듬성 날려
남아 있던 날들의 무릎을 덮어 주었다
이제 내가 너를 알아보지 못하는 시간이 왔고
미래를 지워 버린 시간이
화요일과 수요일 사이를 흘러갔다

등과 가슴처럼 가깝고도 먼 우리는

생각나면 서로의 울음을 대신 울어 주었다

시소가 멈출 때까지

꼬마가 혼자 시소를 탄다

시소는 내려가지도 올라가도 못한 채 아이의 무게만큼 움직인다

잠에서 깨자마자

어젯밤에 나를 괴롭히던 세 가지 후회를 가슴에 올렸다

오후쯤엔 나도 모르게 강해져 하나를 덜어냈다

미세하게 물결치는 심장

아이가 시소에서 내렸다

떨림이 그치지 않는다

한번 흔들렸던 것들은 멈출 때까지 기다려야 한다

저녁에는 먼지 한 톨의 무게도 힘이 들었다

쓰레받기처럼 나를 기울여 비워냈더니

여진 끝에 매달린 내가 아슬아슬해졌다

우수아이아

하루에 열두 번 국경을 넘었다
크고 작은 문을 꽉 잠그며
온갖 생각들이 한데 감겨
커다란 실꾸리처럼 길 위에 멈춰 있다
길 끝에는 사랑하는 사람이 선물한 천 길 낭떠러지가 있었다

지구 끝까지 떠밀린 힘을 생각했다
억압과 저항 사이에 당신은 서 있다
곧 부러질 듯이

하늘도 저녁이면 심장이 터져 붉게 물드는데
점점 고체가 되어 가는 기분이었다
두드려도 문은 열리지 않고
눈앞에서 거만하게 열쇠를 흔들어대는 시간

사랑을 잃고 난 뒤
햇볕이 얼마나 우리를 생각했는지 수시로 떠올려야

했다

나보다 먼저 끝에 온 지평선이 몸을 지운다

누군가 오래 걷는다면

만날 수 없는 것을 만난 후

자신으로 돌아가는 사람이다

배고픈 짐승 한 마리

새벽안개 속에서 커다란 눈망울과 부딪혔다

약수터로 가는 풀밭이었지

발목이 젖은 고라니와 운동화가 젖은 내가 얼어붙었던 3초

아니 누가 누구의 먹잇감인지 짐승도 나도 판단이 서지 않았지

안개가 우릴 떠메고 가도 어쩔 수 없었지

고라니가 먼저 등을 돌려 몸을 지웠지

피안으로 껑충껑충 뛰어갔지

가다가 문득 뒤돌아본 0.3초

내게 무슨 부탁을 하려다 관둔 걸까

고라니를 만난 건 꿈처럼 지나갔는데

내 안의 배고픈 짐승 한 마리가

나를 열고 튀어나오려고 했다

나는 한 번도 나의 허기를 달래 주지 못한 사람

젖은 몸을 부르르 떨었다

손바닥을 펴며

읽던 책을 덮자 애인이 다음 생에서 만날 장소를 정하자고 했다. 노란 은행나무가 있는 우체국 앞이면 좋겠다고 내가 말했다. 멀었던 우리 사이가 구체적으로 빛났다

애인이 가장 예쁘게 물든 단풍 한 잎처럼 긴 삶을 날아왔으니 축배를 들자고 했다. 죽을 기회를 잃은 낭만은 무료했지만 재즈가 흘러나오는 턴테이블은 생시처럼 돌고 있았다. 애인이 긴 팔을 뻗어 잔을 채워 주었다

창밖에는 아름다운 손바닥을 모두 날려 보낸 나무가 바람을 등지고 있었다. 우리는 같은 잉크병에 담겨 있던 이야기였으나 얼룩이 번져 읽을 수가 없었다 손바닥에서 풀려난 손금이 사방으로 흩어졌다

바람을 막아 준 것이 창문인지 애인인지 알 수 없었다. 침묵으로 쓴 편지가 묵직하게 떨어졌다 손바닥을 펴자 약속이 날아갔다 우리가 있던 장소도 사라졌다 처

음부터 다시 죽어야 할 것 같았다 애인의 편지는 쓸쓸
한 거리에서 지칠 때까지 바스락거렸다

산책

동네 한 바퀴 돌고 올게요
매일 하는 산책이지만
함께 걷던 꿈길을
나 혼자 걸어 나오면
애끓는 봄날도 지나가겠지요
우리면 어떻고 남이면 어때요
내가 스리슬쩍 나를 지나왔으니
당신도 스리슬쩍 당신을 지나가세요
눈물 뚝뚝 흘리는 동백일랑
동지섣달 꽃 본 듯이 또 보자 달래 주고
귓가에 묻어
눈가에 묻어
여기까지 함께 흘러왔으니
동네 한 바퀴 돌고 올게요
몇 세기가 걸리면 어때요
돌아오지 못한들 어때요
함께 울었던 날들은
꽃그늘 아래 세워 두고

남은 세월 한 바퀴 돌고 올게요

해설

바깥의 방법과 관계의 지평

구모룡(문학평론가)

무엇보다 이영옥 시인의 변화를 주목하게 된다. 자기표현과 내부의 상처에 민감한 본디의 시적 이력을 지닌 그는 줄곧 바깥으로 지평을 확장해 왔다. '너' 혹은 '당신'으로 지칭되는 타자와 사물을 향한 '나'의 대화를 지속한다. 어차피 존재는 자기에 머물지 않고 쉼 없이 외부를 향하기 마련이므로 삶의 연륜이 가져온 자연스러운 의식 현상으로 볼 수도 있다. 하지만 자기를 응시하면서 외부를 해석하고 표현하려는 의도된 방법적 수행의 측면이 적지 않다. 적어도 제2 시집 『누구도 울게 하지 못한다』에 실려 있는 「우리가 원하는 시」를 다시 상기하게 한다.

시가 시를 버릴 때
내가 나를 배반할 때
기교는 분화하고 먼지는 아름다운 자유를 찾는다
나를 떠난 내가 최초로 입을 열 때 나조차 놀란다

> 모기를 잡는 박수 소리에 손바닥이 기뻐하지 않듯이
> 닭싸움의 진짜는 닭에게 걸어 주는 화환이 아니라
> 피 엉킨 닭 벼슬의 용기를 보는 것
> 껍질을 깐 마지막 양파가 둥글고 매운 눈물인 것처럼
>
> —「우리가 원하는 시」(『누구도 울게 하지 못한다』, 천년의 시작, 2014) 전문

통념이 되어 버린 장치를 거부하고 자기를 부정하면서 새로운 형태와 자유를 찾겠다는 시적 의지의 표현이 뚜렷하다. 상투가 된 수사나 장식이 아니라 온몸으로 생동하는 실재에 육박하며 그 궁극의 본성에 도달하고자 한다. 여기서 우리는 두 가지 방향에서 진행되는 시적 고투를 만난다. 그 하나는 내부를 향하고 다른 하나는 외부를 향한다. 이 둘은 순차적이거나 분리되지 않는다. 서로 연동되어 시적 변증법을 형성한다. 자기 탈각과 사물 인식이 함께 진행되면서 감응이 커지고 사유가 깊어진다. 감정을 벗어난 목소리가 주조를 이루고 지적 태도가 부상한다. 물론 시인은 단독성의 숙명을 안고 사는 존재이다. 따라서 자기표현이 흠이거나 한계가 아니다. 가령 「믿는 구석」에서 시적 화자는 "정체된 퇴근길 버스" 안에서 "8차선 횡단보도를 건너는 맹인"이 "볼 수 없어서 확신에 찬 믿

는 구석"을 품고서 이편의 "우리"로 불리는 사람의 장치나 질서와 무관하게 길을 건너는 사건을 이야기한다. 이 과정에서 "보이지 않는 것을 볼 수 있을 때/비밀의 숲은 열리고/신이 사는 마을에는 신호등이 필요없다"라는 멋진 아포리즘을 얻으면서 "이제 겨우 너무 잘 볼 수 있어서/믿을 구석 하나 없는 사람들"인 "우리" 속의 "혼자"를 자각한다. 일견 실존의 단독성을 확인하는 일로 보일 수 있으나 외부의 사물과 사건에 감응하는 존재의 관심으로 읽힌다. 바로 앞서 말한 아포리즘이 의미하는 지평을 개진하고 있는 셈이다. 이처럼 시인은 피할 수 없는 단독성과 더불어 사물의 만남과 타자의 관계를 사유한다. 이를 위해 먼저 자기를 시적 대상으로 변전하는 지적 방법을 선택한다.

시인의 방법적 수행은 「믿는 구석」과 같이 바로 보면서 관심을 확대하는 과정으로 나타난다. 가령 「겨울 정원」은 보이는 것을 넘어 보이지 않는 것을 보려는 의도를 지닌다. "상으로 맺힌 것은 사라지니까/보이지 않는 것에 목을 매는 것들"을 발견하고 만나려 한다. 마찬가지로 「계절 팬터마임」은 "너"로 호명되는 구애의 추억이나 "잘못 온 편지"를 뒤로하고 "고요를 끌어안고 침묵하는 칠월", "아무리 걸어도 제자리인 폭풍 속"에서 "가지 않았던 길이 가장 멀었다고/팽팽하던 한계를 툭 끊어 버린 물푸레나무//절망의 크기를 보여" 주는 풍경을 만나면서 새로운 의식의 지향을 얻는다. 또한 「배고픈 짐승 한 마리」는 "새벽안개 속에서" "발목이 젖은 고라니와 운동화가 젖은 내가 얼어붙었던 3초"의 조우를 이야기하며 관계의 상호작용을 말한다. "가다가 문득 뒤돌아본 0.3초//내게 무슨 부탁을 하려다 관둔 걸까//고라니를 만난 건 꿈처럼 지나갔는데//내 안의 배고픈 짐승 한 마리가//나를 열고 튀어나오려고 했다"라는 구절이 말하듯이 하나의 사건이 감응으로 나타나고 "나는 한 번도 나의 허기를 달래 주지 못한 사람"이라는 자기 인식에 도달하게 한다.

자기를 줄이거나 지우는 일은 한꺼번에 일어나지 않는다. 자기부정은 외부를 받아들이기 위한 의식 현상의 과정이다. 이는 먼저 바깥으로 나아가는 '산책'과도 같다. 「산책」은 "내가 스리슬쩍 나를 지나왔으니/당신도 스리슬쩍 당신을 지나가세요"라고 말하면서 "함께 울었던 날들은/꽃그늘 아래 세워 두고/남은 세월 한 바퀴 돌고 올게요"라고 결구를 맺는다. 이처럼 자기의 속박에서 벗어나 타자와 사물을 만나는 일은 가장 구체적인 일상에서 시작한다. 문을 열고 걸으면서 사물과 풍경과 만나고 시를 포획한다. 이는 결코 일상을 격리하거나 삶을 희생하는 과격한 방식이 아니다. 물론 「일기장을 완벽하게 버리는 방법」처럼 "지나간 감정"을 폐기하고 순수자아에 이르려는 입사 의례와 같은 방법을 선택하기도 한다. "세상의 모든 바닥이 한 번쯤은 표류했을 섬"을 경유하면서 "다른 사람"이 되어 귀환하는 양상이다.

밝은 날을 출구에 걸어 두고 굴속으로 들어갔지

어둠보다 더한 어둠이 되어

내 안에 시커먼 굴을 파고 들어온 너를 지나가려고

빛이 열리는 쪽으로 고개를 돌렸다

퇴화된 다리를 놓아주고 날개를 달아야지

어두워서 더 잘 보이는 모습으로

더듬거리며 되돌아갔던 밤에게 작별을 고해야지

점점 묽어지는 쪽으로

피어나는 쪽으로

미처 발을 빼지 못한 발에게서 구두를 벗어 주고

지나왔다고 생각하면 지나온 것이 되었다

—「터널」 전문

이 시에는 시인의 자기 변혁을 위한 다양한 문법이 내재한다. 밝음과 어둠, 자기와 비자기, 의식과 무의식, 안과 밖, 낮과 밤, 나와 너의 이항 대립이 하나의 형태에 담긴 두 형질로 나타나 시적 변증을 생성한다. "내 안에 시커먼 굴을 파고 들어온 너를" 지나가고 "더듬거리며 되돌아갔던 밤에게 작별을" 고하고자 한다. 이는 일방의 선택으로 가능한 일이 아니므로 되짚거나 되감는 상호주관의 과정을 요구하는데, 이를 바깥의 방법이라고 할 수 있겠다. 「솜사탕」은 비유의 차원에서 '바깥의 방법'을 진술한다. 설탕이 바닥에서 일어나 솜사탕이 되는 과정을 "설탕의 외부"라고 할 수 있다. "설탕을 탈출하기 위해/수만 가지 방법을" 생각하듯이 시인은 존재의 외부를 사유한다. 이러한 시인의 입장은 슬픔과 상처의 기억, 추억의 서정에 시의 닻을 내리고 있지 않겠다는 의지의 표명이다. 물론 「겨울밤 식구 풍경」과 같이 따스하고 아름다운 시편이 없는 바가 아니다. 하지만 이는 예외적이며 시인은 "상처보다 빨리 녹던 시간은 이제 옛일이 되었다"라고 하며 "혀끝에서 허무하게 녹던 아이스크림이/입을 갖다 대는 순간/너를 얼려 버리는/단 하나의 아이스크림이 되려고"(「아이스크림」) 한다고 말한다. 감정으로부터 탈출하여 비정의 시편을 축조하려는 의도를 보인다. 그야말로 "슬픔이여 안녕"이라고 외치는 듯하다. 그렇다면 여기서 슬픔이나 눈물의 이미지를 찾아서 시인의 변화를 나타내는 탈脫감정의 시학을 확인하는 일이 하나의 방편이 되겠다.

당신의 뒷모습은 갈수록 아름다워서 얼굴이 생각나지 않는다

편의점 앞에 반쯤 뭉개진 눈사람이 서 있다
털목도리도 모자도 되돌려주고
코도 입도 버리고 눈사람 이전으로 돌아가고 있다

순수 물질로 분해되기까지
우리는 비로 춤추다가 악취로 웅크렸다

지금은 찌그러진 지구만 한 눈물로 서 있다

눈사람이 사라져도 내가 할 수 있는 최선은
눈사람이 섰던 곳을 피해 걷는 것

당신을 만들어 나를 부수는 사이
뭉쳤던 가루가 혼자의 가루로 쏟아졌던 사이

사람은 없어지고 사람이 서 있던 자리만 남았다
우리가 평생 흘린 눈물은 얼마나 텅 빈 자리인지

—「눈사람」 전문

예의 나–너, 나–당신의 문법을 동원하여 환기와 감응의 과정을 구체적인 매개물을 통하여 진술한다. 녹아 버려 얼굴과 형체가 사라진 눈사람을 "우리" 혹은 생태 문제로 비약하다 '나'의 입장으로 견인한다. "찌그러진 지구만 한 눈물"이라는 이미지에서 이미 그 눈물의 무상함이 표백되었다. 비에서 악취, 그리고 눈물로 변전하였기 때문이다. 마찬가지로 '나'의 입장에서 "당신을 만들어 나를 부수는" 상호주관의 과정을 거친다. 마침내 순수 물질의 세계가 사라지고 쓰레기와 폐허가 된 자리와 만난다. "사람은 없어지고 사람이

서 있던 자리만 남았다/우리가 평생 흘린 눈물은 얼마나 텅 빈 자리인지"라는 결구의 진술이 뼈아픈 대목이다. 이처럼 시인이 말한 눈물의 현상학은 원초적 물질성이나 순수한 감정의 등가물로 나타나지 않는다. 오히려 어긋나고 덧없음의 이미지로 표현된다. "쌓인 것은/치워야 하는 감정"이며 "바닥은/검고 축축한 눈을 감지도"(「검고 축축한 눈」) 못한다는 인식과 무관하지 않다. 슬픔이나 눈물의 기억은 "양념 묻은 나무젓가락처럼 내 기억의 탁자에"(「양념 묻은 나무젓가락처럼」) 부질없이 흔적으로 남아 있을 뿐이다. 그러니 회감回感의 서정은 이제 시인의 시적 지향이 아니다. 오히려 서정에 반립하는 주지적 태도가 압도한다. 「낙화유수」가 말하고 있듯이 시인에게 "시간의 모서리에 뜨거운 그대를 물려 놓고 나를 옮겨 오는 일"이 종요롭다. 그러니까 "슬픔의 직조법"(「막무가내」)은 "막무가내"의 삶에 직면한 현실이 대상이지 과거가 아니다.

시인의 자기 변혁은 안과 밖을 오가며 끊임없이 경계를 넘나들며 가식과 허위의 장벽을 해체하는 데서 가능하다. "쓰레받기처럼 나를 기울여 비워냈더니//여진 끝에 매달린 내가 아슬아슬해졌다"(「시소가 멈출 때까지」)라는 구절이 말하듯이 존재의 모험을 개진한다. 「우수아이아」가 표명한 "지구 끝까지 떠밀린 힘"도 시적 과정에서 중요한 계기이다. "자신으로 돌아가는 사람"은 과정 시학에서 보이는 진정한 자아의 양상이다. 물론 이와 같은 존재의 설정이 우선하는 일은 아니다. 시인은 사건을 접하고 사물을 만나며 관계를 궁구한다. 감응의 상호작용이 수행의 과정에서 무엇보다 요긴하다. 그래서인지 이영옥은 "정지된 피사체를 순간적으로 다른 각도에서 찍어 입체감을 극대화시키는 기술"로, "쏟아진 물이나 흩어지는 담배 연기를 표현할 때" 쓰이는 "타임 슬라이스"를 시적 방법으로 주목한다. 바로 "물컵을 엎질렀다/나는 쏟아졌다"로 시작하는 「타임 슬라이스」에서 시적 화자는 "무성 생식을 돕는 외부의 힘"을 말하고자 한다. "컵 밖으로 나온 물은 더 큰 컵으로 옮겨진 것"이라는 진술이 말하듯이 "컵의 높이"를 넘어서 "나는 확장된다". 실존exsistence은 곧 탈ex-존sistence이라는 설명이다. 그러므로 바깥을 지향하는 존재의 의지가 지평을 확대한다. "산다는 것은 이렇게 필사적"이며 "자세에 개의치 않고 지금과 다른 무엇이 되려고"(「자세와 상관없는 일」) 하는 과정이다. 이는 생명의 벡터로서 끊임없이 외부와 교섭하는 일이다. 마땅히 외부의 사물이 환기하는 감응에 민활하게 대응한다. "나를 부르다가 떠나 버린 탁자 소리"(「탁자 소리」)는 외부의 환기에 반응하는 "나"의 한계를 의미한다. 그러니까 외부는 그저 주어지지 않는다. 바닥을 알고 끝을 상정하는 까닭이다. 하지만 이보다 관계가 구체적인 현실이다. 시인은 사물과 타자와 만나면서 감응을 얻고 지평을 확대한다. 가령 이는 "참치"를 먹으면서 그 생애와 유래를 생각하고 마침내 "일행들과 헤어져/집으로 오는 길은 춥고, 비리고, 낯설었다/나는 천천히 녹는 중인지/무수한 장면들이 들어왔다 나갔다 할 때/바람이 손등을 치고 달아났다"(「참치」)라는 결구를 얻는 과정에서 잘 표출된다. 단순한 우의나 의인화가 아니라 생동하는 물질에 감응하는 주체의 표현이다. 감응과 더불어 관계의 인식은 앞서 말한 나-너(혹은 당신)의 문법이 비교적 우세한 사실과 연관한다. 이영옥의 시편에서 관계의 문제가 차지하는 비중이 큰 편인데 이는 그만큼 시인이 지평을 확대하려는 의지를 지녔음을 의미한다.

우리가 찾던 길을 우리가 막고 있었습니다
초조했던 바늘 끝은 잊어버립시다
여기 도착하기까지 꼬박 한 세기가 걸렸습니다

지금의 반대는 무엇입니까
찌릿찌릿한 당신 심장은 언제 출발한 예감입니까

꽃나무는 기원전에서부터 숨죽여 걸어왔습니다
신이 이끈 이곳에서 환각처럼 피어납니다

셀 수도 없는 끝을 지나온 우리는
얼음으로 동기화되었다가
봄 공기가 얼굴을 만지면 눈물이 흐릅니다
그때 흘러나오는 음악은 꽃입니다

우리는 끝없이 서로를 지원했던 파장
끊어질 듯 이어져
지층의 뿌리에서 천상의 꽃으로 회복했습니다

우리를 맴돌던 별들이 은하수로 쏟아집니다
귓속으로 들어온 커다란 세계
연약함이 끝내 강한 것을 구했습니다

—「페어링」 전문

이 시편은 "페어링"을 매개로 단절되고 차단된 "길"을 지나고 극단의 세기를 넘어서 열리는 새로운 생성의 예감을 노래하고 있다. "우리"는 이영옥의 시적 발화에서 빈번한 인칭인데 여기에서도 상호주관의 지향으로 쓰인다. "얼음"이 녹아 서로 공감하는 "눈물"로 번지면서 "음악"처럼 화해의 지평이 펼쳐진다. "우리는 끝없이 서로를 지원했던 파장"이라는 구절에 이르러 이 시편은 하나의 경계를 얻는데, 이어서 "지층의 뿌리에서 천상의 꽃으로 회복"하는 장관을 연출한다. 비록 이러한 장관이 환각이거나 환상이라고 하더라도 시적 과정에서 중요한 지평을 개진한 대목이라고 할 수 있다. "귓속으로 들어온 커다란 세계"가 있으므로 단절과 대립, 고갈과 소멸의 현실에서 기다림과 견딤을 지속하게 한다. 시는 이러한 기다림과 견딤의 과정에서 꽃핀다. 가령 「화요일과 수요일 사이」는 불과 물을 너와 나로 치환하여 둘의 만남과 화해를 견인하는 시편이다. "안과 밖을 구분 짓는 기둥"이 세워지고 서로 "알아보지 못하는 시간이" 오면서 "미래를 지워버린" 나날이 펼쳐진다. 이와 같은 대립과 불모의 관계가 삶의 일반적인 정황일 터인데, 시편의 결구는 "등과 가슴처럼 가깝고도 먼 우리는/생각나면 서로의 울음을 대신 울어 주었다"라고 아픈 상호 이해의 과정을 말한다. 「가시」 또한 "나"와 "당신" 사이에서 던져지고 찔리는 "가시"의 의미를 "만약 당신에게 박힌 가시를 빼서/내게 던지지 않았다면/쓰라린 마음을 먹고 자란 억센 가시를 모를 뻔했다//나는 가시를 식목해 준 사람이지만/내가 아프지 않아서/당신 속에 자라는 가시를 몰랐다"라고 진술함으로써 상호주관에 도달한다. 이처럼 "서로의 텅 빈 얼굴을 견디고" "거짓의 벽을 오르다 미끄러진 사람들"이 사는 "얼굴을 버린 욕망"의 세계는 "라쇼몽"(「모자가 아닌 모자가 쏟은 것」)과 다를 바 없다. 그래서 "소문"으로 축성된 "휴먼"(「사피엔스」)에 관한 차가운 회의를 거듭한다. 인간에 대한 회의는 곧 말에 대한 회의이다. 하지만 시인은 이러한 언어 회의를 극복하고 "말의 뼈"(「말의 뼈」)를 가려내는 존재이다. 「먹장어」에서 보이는 "나"와 "너"의 대화처럼 인식의 오류나 연상의 착란으로 소통의 곤경은 지속한다. 그러함에도 이해의 지평을 개진하려는 시적 의지는 「상자」의 시편이 의도하는 정황처럼 가열하다.

모르는 것을 확인하는 일은 두려웠지만
용기를 내 손을 넣었다
팔을 아무리 뻗어도 닿지 않았다
꿈이 깰 것 같았다
그만 상자를 두고 방을 나와 버렸다

상자가 내 안에서 덜거덕거리기 시작했다

—「상자」 부분

앞서 말한 대로 견디며 기다리지 않으면 이해의 시간은 열리지 않는다. 마찬가지로 시 또한 견딤과 기다림의 과정에서 생성한다. 「옆방 사람」의 정황처럼 자기만의 방에 갇혀 있다 하더라도 타자는 어떠한 모습으로든 출현하기 마련이다. 존재는 사물과 타자의 사건 속에서 그 모습을 현현한다. 여전히 "우리는 목 안에 부어 있는 서로의 아픈 편도"처럼 관계의 지평이 불투명한 현실에 처해 있다. 하지만 "서로의 마음을 감아 주던 낡고 긴 붕대"(「황사」)가 있다면 우리는 '아직은 아니다'라는 희망의 문법이 작동하는 세계에 산다. "상처가 상처를"(「멀쩡한 사이」) 맞잡고 "오랜 기다림"(「특별한 이름과 긴 옥수수」)으로 버티는 것이 시인의 마음이라면 미래는 사라지지 않는다. 시인은 "기다리는 마음속으로,/아직 가 보지 못한 길을" "기다림이 바닥날 때까지"(「새를 모르는 새장」) 걷는 도상의 존재이다. 시의 언어가 그를 구원하기까지 "방랑"(「언덕 위 가르멜봉쇄수도원」)을 그칠 수 없다.

하루는 죽고 하루는 깨어난다

2022년 10월 30일 1판 1쇄 펴냄

지은이 이영옥
펴낸이 김성규
편집 김안녕 김도현 김채현
디자인 신아영
펴낸곳 걷는사람
주소 서울 마포구 월드컵로16길 51 서교자이빌 304호
전화 02 323 2602
팩스 02 323 2603
등록 2016년 11월 18일 제25100-2016-000083호

ISBN 979-11-92333-30-4 04810
ISBN 979-11-89128-01-2 (세트)